千年の眠り

呉世栄《オセヨン》

Oh Sae-Young

訳 徐載坤・林陽子

translated by Suh JaeGon, Hayashi Yoko

港の人

千年の眠り

詩人の言葉

人間はなぜ生きるのか？　つまらない質問に思える。ただ生きるため、生きているからだ。そうでないか。庭に咲いているバラは、川辺に立っているヤナギは、山中のマツは、電線の上で鳴いているスズメは理由があって生きているのか。ただ生きているに過ぎない。目的があるからではなく、目的のためでもなく、ただ生きている。ただ存在している。

人間は愛しながら生きていく。愛さず生きている人はこの世にはいない。しかし、愛は言語を介しないと不可能である。愛は相手に対する認識と理解なしにはできないからだ。人間はどう生きるのか？

我々はこう答えることができる。人間は考えながら生きる。私は考える。そのことによって、存在する。しかし、思考は言語なしには不可能である。言語が、即ち思考であるからだ。だから聖書には、人間はパンでなく、御言葉によって生きると書かれているのではないか。

人間は、言語を持っていることによって人間であるのだ。だから、偉大な人間とは、最も誠実で、最も美しく、最も価値ある、最も高貴な言語を創造できる者である。カントが、ハイデガーが、詩人と人間を越えて、神の次に位置する理由はここにある。だから、すべての存在が道具に転落してしまったこの時代の最後の砦である詩よ、言語の花よ、あなたに祝福がありますように。

二〇一二年九月五日

呉世栄

日本語版の序文

私にはすでに二冊の日本語訳詩集があります。『花たちは星を仰ぎながら生きる』（なべくらますみ訳、東京：紫陽社、一九九四）と『時間の丸木舟』（なべくらますみ訳、東京：土曜美術社出版販売、二〇〇八）です。かつて、私のいくつかの詩が、日本の詩雑誌に翻訳、紹介されたことがあります。偶然、それを読んだ鍋倉さんが、私の詩を日本語に翻訳して、東京で自費出版してくださいました。それがきっかけになって、はじめて日本に好感を持つようになりました。私が韓国で反日教育が厳しかった時代に育ったせいであるかもしれません。

しかし、私はその後、鍋倉さんとのご縁だけでなく、私が勤めていた大学でも日本人留学生達と度々会ったり、幾度か日本を訪問する中で、それまでの私の考えがあまりにも偏見に満ちていたことに気づき、生きていく上で、直接の出会いとコミュニケーションがどれほど重要であるかを、あらためて実感しました。「私」というのは独立した実在でなく、他人との関係性によって規定される存在論的な現象を、便宜上、そう呼ぶことに過ぎないということも悟りました。それは個人と個人、民族と民族の問題においても同じだと思います。そのような意味で、「詩」とは、この地上で、個人や民族のレベルではなく、人類の普遍的な理想の実現を目指す精神的価値ではないかと思います。

近代史において、韓国と日本の間には、紆余曲折と民族的葛藤がありました。しかし、遡って原型（archetype）を探すと、歴史的に、古代日本の国家形成に大きな役割を果たした百済の滅亡と、そこから生じた恨みの感情が、もしかしたら、日本人の集団意識の中に深く根を下ろしているのではないかと、勝手に想像しています。それが、次の詩を序文の代わりにしようと思う理由です。

日本国大阪府枚方市
その騒がしい町を通り、路地に入って
何回も道を聞き、やっとここにたどり着いた
吹く風はいつも切なる笛の音を奏で
雲はいつも
挽章*のようにはためく所。
誰かはここで
空を飛ぶ天女を見たと言い、

誰かは また　海の向こう
落花巌＊＊から落ちる三千人の宮女を
見たと言うが
実は、
もっぱら
庭先の神木の枝先で鳴く
鳥の群れだけが見たという所。
人間と冥界の境目に立つ
その百済王神社。
何回も道を聞き、やっとここにたどり着いた
崩れた石階段を登り
火が消えた灯篭《とうろう》を過ぎ
吹く風はいつも切なる笛の音を奏で
雲はいつも
挽章のようにはためく所。

（「百済王神社」）

もともと、『千年の眠り』は、二〇一二年以前に発表した詩の中から、六十篇を選んだアンソロジー詩集です。それから八年が経ちました。そこで、この日本語版には、これを補うため、その後に書かれた二十一篇の詩を追加、収録しました。

困難な状況の中で、拙作を翻訳してくださった徐載坤教授と林陽子教授、そして詩集出版を引き受けてくださった《港の人》の上野勇治氏に感謝します。

ソウルにて、呉世栄

二〇二〇年　春

*　葬式の時掲げる、故人を讃えたり悼んだりする文章が書かれている旗。

**　百済滅亡の時、都城にあったこの崖から宮女たちが身を投げたという伝説が伝わる。

目次

千年の眠り

I

君を探す

風と名づける。
すでに消え去ったものたち、
呼んでも二度と答えないものたちに向かって
これからは風と呼んでみる。
風よ、
僕の耳を遠くさせた、そのか細い音声、
激情の竜巻で吹きつけ、僕の胸を泣かせた、あの
濡れた声は、今どこにあるのか。
ときにはそよ風に、ときにはつむじ風に、いや
ときには荒々しい暴風に乗って
遥か地平線を乗り越えた、君の寂しげな後ろ姿、そして

もの悲しい梵鐘の音、落葉の音、僕の耳を乱打するピアノの鍵盤
その狂想曲の長い余韻。
遠く辺境の荒野に根を下ろし
タンポポ、ヨメナ、ヒメジョオン、それともニガナの花と咲いたのか。
言っておくれ。
川と名づける。
すでに忘れられたものたち、
そして呼ぶことさえできないものたちに向かって
これからは川と呼んでみる。
川よ、
かつて私の目を眩ませた君の熱い視線、
熱望の燃えたぎる火花でわが身を恍惚とさせた、その眼差しは
今どこにあるのか。
ときには浅瀬に、ときには急流に、いや、ときには
滔々と流れゆく洪水に乗り
遥か水平線をゆらゆら越えて行く君の

寂しい額。そして
どこかで花弁の散る音、波の音、波打つせせらぎの余韻。
遠く僻地のもの寂しい干潟に打ち上げられ
陸に向かって常に耳をそばだてながら暮らすしかないのか。
クラゲ、アカガイ、ハマグリ、いや
終日口笛を吹き疲れたホラガイ。
言っておくれ。
雲と名づける。
すでに取り返しのつかないものたち、
呼んでも二度と成し得ない形象たちに向かって、僕は
これからは雲と呼んでみる。
雲よ、
かつて僕の澄んだ魂の空に、蒼い影を落としていた
五色の彩雲、
あの輝いていた虹は、今どこにあるのか。
ときには星の光に乗り、月光、いや、ある薄暗い夕暮れ、

消えゆくひと切れの夕焼けに乗り
遥か遠くの虚空にほの白く消え去った君の、その
虚ろな両肩、そして
どこかで打ちつける晴天の稲妻、寒々しく震える葉の音、
空咳の音。
遠く異域の空に呼び出され
吹き散る霰、ブリザード、いや
凍土に舞い降り転がる雹と化したのか。
言っておくれ。
君を探す。風という名で
川という名、雲という名で
君を呼ぶ。

日没の秋の夕暮れ
さざ波立つ川辺の萎れた草むらに一人
呆然と座り込んで。

遠視

遠くのものは
美しい。
虹も星も崖に咲く花も
遠くのものは
手に届かないから
美しい。
愛する人よ、
離別を悲しまないで。
この歳での離別とは
別れることではなく、ただ
遠ざかるだけのこと。

君の最後の手紙を読むためには
もう
老眼鏡の要る歳、
老いるということは
愛する人を遠くに送るという
ことだ。
遠い所から見守ることが
できるということだ。

遠い日

遠くの港に舟を着けるように
もうこれからはどこででも
休もう。
ツバキなどなくても構わない。
ハマナスなどなくても構わない。
霞む水平線の遥か向こうの春空を再び
眺めなくて済むなら……
遠くの港に舟を着けるように
もうこれからは誰とでも
懐かしさを分かち合おう。
カモメなどいなくても構わない。

メジロなどいなくても構わない。
銀色に揺らぐ波の果てに沈む夕映えを再び
眺めなくて済むなら……
近くの浦ではなく
遠くの港に舟を着けるように
遠い日に遠くの空に舟を着けるように

青い空のために

――血行よく……何ら病もないなら、女子《おなご》よ、悲しいことも悲しいこともあるべきだろう。
〈徐延柱《スジョンジュ》〉

愛よ、
君は常に幸せであってはならない。
枯れた枝先に西風が吹き
青く広がる空、
その空を見るためには
少しくらいの悲しいこともあるべきなのだ。
曲がりくねる川、
思い思いに散る花びら、
遥かなる尾根に独り佇み、ふと振り返る
年老いたシカの澄んだ目。

甘かっただろう。
スイミツトウの美肌の中に溺れた一匹の虫のごとく
赤いくちびるをして、愛よ、
ユラユラと立ち上がる春の霧は、
夏中、ゴロゴロと鳴り続けた黒雲の中の雷は
すでに地平線の向こうへと消え去ったが
西風が吹いて
青く広がる、その空のためには、愛よ、
少しは悲しいこともあるべきなのだ。

別れの日に

もう引き止めはしない。
君はモモの花のごとく散り
暮れゆく春の川に虚ろに舞うのもよし。それとも
ある別れの日に
君の頬を伝い流れた涙の跡のように
優しげなかげろうとなり青空に揺らぐのもよし。
閉ざされた永遠は永遠ではない故に
金属の枠に囲まれた宝石もまた
真なる宝石とはいえない、
どうやら
君の指にはめてあげた指輪には

永遠が留まっていそうにない。だから
君の燦爛《さんらん》たるダイヤの縁に、もうこれ以上互いを
囲うのは止そう。
もう引き止めはしない。
君はモモの花のごとく散り
暮れゆく春の川にはらはら舞うのもよし。もしくは
ある別れの日に
君の頬を濡らした涙の跡のように
優しげなかげろうとなり青空に揺らぐのもよし。

太平洋に雨降りて

君を見た。
サンフランシスコで、サンノゼで
ふと人波に消え去る
君を見た。
ソウルの空港で、
白く白く手を振る
君の顔は見えず、
耳、目、口、鼻、
睫の露は見えず
白く白く振る手だけが
霧の中へ霞みゆく

太平洋に雨が降り、
君を見かけた。
テツドウグサの丘の向こうに消えゆく
白いチョウ。

おお、君の影なのか。
ふと映る窓の外の淡い影、
ふと土間に下り立つと
庭いっぱいに月の光満ちる。
しっとり露を含み立つ
夜中の
オシロイバナ。

君を夢見る夜。

風のうた

風の音だったのか。
振り返れば
道端のナデシコ一輪、
水の音だったのか。
振り返れば
小川の小石ひとつ、
聞こえるのは確かに君の声だが
振り返れば君はどこにもいない
どこにもいない君がまたどこにもいる
秋山の夕暮れは
泣きたいのだ。

わが耳に届くのは君の声だが
振り返れば、世の中は
秋風の音。
秋風に舞い散る
葉の音。

ライラックの木陰に座り

晴れの日、
君の手紙を手に取れば
痛いほどに眩く
曇りの日、
君の手紙を手に取れば
悲しいほどに目が眩む。
どうやら見えはしないのだ。
君がくれた手紙の最後の
一行、
何と書いてあるのか。

今日は
日差しの鮮やかな日、
ライラックの木陰に座り
君の手紙を読んでいる。
霞んだ視野には風が吹き
花弁はひらひらと舞い散るが
何と書いてあるのか。
飛び交う花弁に隠され
ついに
読めず終いの最後の
一行。

どうして避けて行かないのか

花が咲いている。
アンズの花、モモの花、オウトウの花、クチナシの花……。
避けて行こうとせず
花はどうして垣の中にまで入って咲くのか。
雲頭嶺《ウンドゥリョン》を越え、紫霞洞《ザハドン》を過ぎ、遠い海辺、
遮るな。遮るな。
満つる望潮のためだろうか。
黒い野を過ぎ、ソリ峠*を越え、遠い空の果て、
摑むな。摑むな。
膨らむ霊登《ヨンドゥン》お婆《ばば》**の風のためだろうか。
遠洋の少女の頬を赤く染め

遠空の青年の腕は太くなるのだが
柴折戸閉じて壁を眺める
暗き目。
黒袈裟にも花色がうっすらと差し
天地はけらけらと笑いの海だが
花が咲くとは
花はどうして避けては行こうとせず、このように
垣の中にまで入って咲くのか。

＊　仮構の地名。「ソリ」という韓国語は、声、音という意味。
＊＊　風神

空の詩

夕闇漂う庭の片隅には
柿の花のみがうず高く落ちていた。
柴折戸の外には半日
水の湧く音。
閏四月の小潮の日、引き潮長く
海ががらんどうの砂浜を見せるように
ああ、僕も
携えているものは詩の渺茫《びょうぼう》たる空のみ、
お前と共に一生を生きてきた。
父なく生まれた僕は
母さえも早くに亡くし

三歳からの熱病をいまだに治せず
額はいつも熱いまま。
僕の詩の遠い空、夕焼けに実ったその露が
夜の海に輝く星にはなれないことを
僕はお前に初めて教わったから
もうこれ以上は騙されまい。
お前が去り、またそれ故に詩さえも捨てるなら
この世に悲しむべき何がまだ
残っているだろうか。

あなたの笛

僕はあなたの
笛なのかもしれません。
あなたの優しい手が僕の肉体を愛撫する度に
耳、目、口、鼻……
五つの穴から
湧き出る音律。
爽やかな春の日、あなたが
川辺の土手に座り、笛を吹けば
僕はかげろうとなり
この世の蕾という蕾を弾き、
侘しい秋の日　あなたが

小高い丘に座り、笛を吹けば
僕は秋風となり
この地の葉を落とし、
僕は夢見る虚空、
がらんどうの穴、
あなたの笛なのかもしれません。
いや、あなたの
笛なのです。

千年の眠り

川辺の数多なる石のうち
あなたが拾って、今
手にした石。
とある石は
禾巌寺《ファアム》*再建時、弥陀殿の三番目の柱の礎石に
なることを望み、
とある石は
詩人の書斎の片隅にぺたりと座り
詩の創れない夜、その空白の原稿用紙を守ることを望み、
また、とある石は
純潔な死の目前で万代の義を、その赤い

胸に刻むことを望むが
ああ、僕はただあなたが
水切り遊びをするように二度と水際に僕を
放り出さないことだけを……
誰も起こしてくれない千年の眠りは
死よりも残酷だから
地面に伏せて眠るよりは
急流の中の一個の
飛び石となりましょう。
だからどうか、遊び半分で投げるよりいっそ
激しい流れにお投げなさい。
そうして遠い未来あなたが再びおいでになる日、
僕は喜んでわが身をあなたに捧げるので

＊　金剛山にある寺。新羅時代の七六九年、真表大師によって創建されたが、一六二三年、火事で焼失、一六二五年に再建された。

あなたは躊躇せず　この身を
踏みつつお渡りください。

II

別れの言葉

たとえそれが
最後の言葉になったとしても
待ってくれという言葉は別れようという言葉より
どんなに
優しいことか。
別れは言葉でするのではなく
目でするもの。
「元気でね」、
手を差し伸べるその目に
映る花びら。
かつて激情で吹き荒れたわが愛は

今はもう花びらとなり散っている。
別れは春にも訪れるもの、
僕らの悲しい秋はまだ遠い。
待ってくれと言っておくれ。
たとえそれが
最後の言葉になったとしても、

恋焦がれ果てたなら

恋焦がれ果てたなら
愛しき人よ、
フジの花の蒼い陰に座り
一杯の茶を飲もう。
湧き立つ激情は眠り
今は
平衡を保つ火の水、
青磁の茶碗に淀む空には
雲ひとつない。
誰が愛を熱病と言ったのか。
そわつく花びらに降りる露のように

乾いた唇を濡らす一口の水。
恋焦がれ果てたなら
愛しき人よ、
フジの花の蒼い陰に座り
一杯の茶を飲もう。

恋しい人が恋しくて

恋しい人が恋しくて
心の置き場のない春には
独りでどこかに出かけよう。
人々は
行き先のはっきりしたチケットを手に
せかせかと改札口を出ては
また入り、
別れと出会いの激情に
涙ぐむが
今しがた到着したあの列車は
遥か南の碧い海辺から来た

鈍行。
積んで来たツバキの花びらを
祭りのように駅前に撒いて発つ。
僕も過去行きの切符を買い
あの列車に乗れば
昨日の昨日を走り
失くした愛に出会えるだろうか。
恋しい人が恋しくて
ふと乗ってみる鈍行列車。
その車窓に浮かぶ春の日の
憂愁。

木のように

木が木同士仲良く暮らすように
僕たちもそう
生きるべきだ。
枝と枝が手をとって
長い寒さを耐え抜くように

・

木が澄んだ空を見上げながら暮らすように
僕たちもそう
生きるべきだ。
葉と葉が心を開いて
優しい日差しを抱くように

木が風雨の中で育つように
僕たちもそう
育つべきだ。
大地に深く下ろした根で
荒々しい台風の前に堂々と立つように

木が自ずと季節の違いを知るように
僕たちもそう
生きるべきだ。
花と葉が、つく時、散る時を
自らの引き際を知るように

海辺で

生きる道が高く険しいなら
海辺の
白く砕ける波を見よ。
下へ下へと流れる水が
ひとつになり満ち溢れる水平線、
自ら姿勢を低くする者が得る安らぎが
そこにある。

生きる道が暗く途方に暮れたなら
海辺の
彼方に沈む夕日を見よ。

闇の中から闇の中へと溜まる光が
遂には灯す黎明、
自らを諦める者が得る充足が
そこにある。

生きる道が悲しく侘しいなら
海辺の、
遠くにちらつき浮かぶ島を見よ。
独り耐えるのは純潔なこと、
遠くにあるものは美しいもの、
自らを耐え忍ぶ者の意志が
そこにある。

雪花

花木だけが花を咲かせるのではないことは
冬の枯れ枝に咲いた雪花を
見ればわかる。
誰もが一生をかけて
熱い血を清く昇華させて
ようやく花になる、
欲と
憎しみと
哀れみを捨て
一歩も踏み出せない
厳しい冬、その寒さの絶頂に

独り一株の乾びた裸木として立てば
僕の青春の生臭い身は花びらとなり、
硬直した骨は花蕊となり、
濁った血は香りとなって
真っ青な空をひとりで抱く。
花木だけが花を咲かせるのではないことは
冬の枯れ枝に咲いた雪花を
見ればわかる。

実

世の中の実はどうしてみな
丸くなければならないのか。
カラタチも香しい実だけは丸い。

地中へと地中へと潜り込む根は
鋭いけれど、
空へ空へと伸び広がる枝は
尖っているけれど
自ら熟れて落ちることを知る実は
角ばっていない。

ぱくりと
一口かじる
熟した一個のリンゴ。
食べる者の歯は鋭いが
食べられるリンゴはやわらかい。

君は知っているのか。
あらゆる生成する存在は丸いということを
自ら食べられることを知る実は
角ばっていないということを。

冬のうた

山裾をかぶり寝るから
山と言えるのか。
山影を背負って生きるから
山と言えるのか。
山が山で何だというのだ。
毎朝啼きわめいていたモズさえも
行方が知れず
毎晩組子細工をひっかいていたリスも
跡形もない。
道が果て山に消えたからと
それらは何処へ行ったというのだ。

昨日は一日中、みぞれを降り撒き
今日は終日、吹き荒れる大雪。
虚ろな空の虚ろな枝には
完熟柿一つが震えているが
昨日は一日中、ランを描き
今日は終日、川の音を聞いた。
山が山で、一体
何だというのだ。

待ちぼうけ

この春に新芽を干して作った
雀舌茶《チャクソル》を
晩秋の日暮れ、ついに封切った。
待っても誰も来ない山奥の暮らしだが
どんな気持ちで大事にしまっておいたのか。
裏庭にはサンシュユの実が赤らみ
ヤマキジたちがつついているが
ムクドリが湧水を一口つけ空を仰ぐように
晩秋に独り座り、茶を飲む。
待っても誰も来ない侘しい山房に
秋の山と対座して飲む雀舌茶は

この春の露に濡れた茶の葉が
今日は霜柱で
香りも冷たい。

野花

若かりし日には遠く彼方の青空が
胸ときめくほど好きだったが
今は僕が暮らす所の土の匂いが
全身をすっかり恍惚とさせる。

あの時眩しい日差しの下では
見えなかった野花よ。

土の香が微かに恋しくなるのは
この肉体が土になる日が近いから。
野花のやるせなく愛らしきは

わが魂の露になる日が近いから。

僕を消して

山で
山と共に生きるのは
山になることだ。
木が木を消すと
森になり、
森が森を消すと
山になり、
山で
山を友として暮らすのは
僕を消すことだ。
僕を消すのは、即ち

君を消すこと。
夜通し
恋しさを燃やして咲く
ツリガネソウのように
露が露を消すと
霧になり、
霧が霧を消すと
青空になるように
山で
山と共に生きるのは
僕を消すことだ。

羽化登仙*

凡そ、花が散ってから
実を結ぶのだから
有は無より生ずるのではないか。
秋になり、今日僕は
瑞々しいモモをかじりつつ
散りし春の日のモモの花びらを想う。
あの時の花びらはどこへ行ったのか。
はらはらと舞い散ってどこへ行ったのか。
無に向かう道は飛んで行く道、
死とは決して歩いて向かう場所ではない。
だから僕は気づいた。

ああ、羽化登仙！
暗い土中で幾年も座禅せしセミの幼虫が
羽を付けてどこかへと飛んで行ったのだ
真夏の間ミンミンとせわしなく鳴きし果樹園が
今日は静まりかえっている。
終りの終りは始まりなのだ。
凡そ、実が落ちて再び
新たな花が咲くのだから。

＊ 出典は、蘇軾「前赤壁賦」。羽が生え、仙人になって空を飛ぶという意味から、酒に酔って気持ちよい状態を指す。

III

生とは

とぼとぼと野道を行く。
石ころの隙間にぽつりと燃え立つ
野花のようなもの、

えっちらおっちらと砂漠を歩く。
砂嵐でかすんだ虚空に
ひっそり輝く星灯りのようなもの、

すいすいと川を渡る。
霧、水霧、アシが擦れ合う。
対岸に捨てるべき筏のようなもの、

休み休み峠を登る。
嶺の向こうに暮れる冬空に
薄らぐ夕焼けのようなもの、

火花という。
露という。
風に舞う土埃という。

母さん

僕の六つの頃の母さんは
白いモクレンの花だった。
眩い春の真昼に寂しく
家を守る、

僕の十三の頃の母さんは
薄桃色のホウセンカだった。
晩夏の午後の垣根の下で
涙ぐむ、

僕の二十の頃の母さんは

黄色いキクの花だった。
暗い秋の夕べに独り
灯りを点す、

彼女の肉体を埋めた
僕の二十八、
母さんはもう星で、風だった。
僕の額に優しく流れる
白い雲だった。

ある日

霧雨降り
ナズナの新芽緑に色づき
しっとり濡れた藪の穴では
一匹のヘビが目を細め、

霧雨降り
ニガナ、アザミが棘を立て
小川の乾いた浅瀬に青く血の
流れる日。

どうしたものか、緑のツバメよ、

石ころに裏返された
蝶番ひとつ。
どうしたものか、緑のヘビよ、
ぬかるみに横たわる
弥勒石仏ひとつ。

宝石

その名を宝石と呼ぼう。
日差しに
眩しいそのきらめき、
川辺の砂の丘に
陶器のかけらが半ば埋まっている。
宝石とは一番大切な心のこと
わが幼き日
君に捧げたこの純粋な魂の証より
美しく高貴なものが、この世の
どこにあるものか。
割れたものはみな宝石になる。

かつて高価な陶器だったとしても、
かつて素朴な鉢だったとしても、
それはただ
戸棚に閉じ込められた器でしかない。
割れるものは
完全なる自由に至る故に
宝石になる。
あの春の野花の指輪も
あの川辺の砂の城も
今はみな川の水に洗われてしまったが
我らの川の丘には
眩しい宝石ひとつ
青空を見守っている
永遠に……

夢見る病

少女は病にかかっていた。
傾く日差しの中で
アフリカを想っていた。
熱い砂の地平を駆ける
一頭のライオン。
少女は愛を夢見ていた。
眠れぬ夜には
世界の果てで息をする
FM放送を聞いて
病んだ地球に雨を降らせるように
泣くこともできる。

ラブストーリーを読んで
人生と芸術が杯の中で
ペシミズムに濡れるのを見た。
一頭のライオンが昼寝をする
アフリカの海岸に砕ける
青い波。
少女は恐れなかった。
迫りくる死を、
ただひとつの希望が
どのようにこの地上に眠るのかを
見たかった。
闇の降りる街
人々が各々灯りをつける時も
少女は夢を見ていた。
夢の中に、夢の中に
沈んでいった。

咲く花が散る花と会うように

八月は
登り坂でしばらく休み
尾根の隅っこに座り
来た道を、一度くらいは
振り返らせる月だ。
足元のずっと向こうに都市が、
都市には人間が、
人間には生と死があるわけだが
見えるのはただ真っ青な大地、
空に向かってくねる川と
夢見る野があるだけだ。

頂上はほど遠いが
実に険しい道を歩んで来た。
崖を通り、渓谷を越え
やっとのことで踏み留まる難コース、
八月は
尾根の隅っこに座り
一度くらいは、空を見上げさせる
月だ。
登るのに精いっぱいで
ひたすら地面を見て生きて来た半生、
課長から次長に、次長から部長に
ああ、僕は今何合目くらいに立っているのか。
どこでも常に空は青く
白雲は心虚ろに流れるばかり
仰げば
遠い

星たちの村から送られる手招き、
しかし、地上の人間は
今日もその手で
紙幣を数えるだけ。
八月は
登り坂で立ち止まり、一度くらいは、
帰り道を思い起こさせる
月だ。
咲く花が散る花と会うように
引く波が寄せる波と会うように
人生とは往くことがまた
やって来ること。
草原にはヤマユリ、ツリガネソウが咲き乱れ
世の中は緑色で大騒ぎだが
八月は
頂上に登る前に、一度くらいは

緑に疲れ、紅葉に色づく
秋の山を思わせる月だ。

法について

法とは
冷蔵庫の仕切りのようなもの、
キムチと牛乳が、
肉類と塩辛が混ざらぬように
すべきこととすべきではないことを、
喜ぶべきことと喜ぶべきではないことを
仕切りごとに
区分けして引き出しに入れ
いつも身の程をわきまえるよう監視する……
しかし、日常は容易く腐敗するので
常に冷たくあるべきだ

誰が言ったか。
法は氷のようで
冷徹な理性なくしては研ぎ澄まされぬと……
だが
冷蔵庫は知っている。
熱い電流がまた
冷たい氷を作ることを。

矛盾の土

土になるために
土から造られた器
皿はいつか
割れる。

生涯の栄光を誇る
瞬間に
ぱりんと
割れる器、
人間は一度は
死ぬ。

水で練られ、火で炙られ
初めて蘇る土、
人間は誰もが
一度は水に濡れ
火に焼かれる。

一枚の皿になろう。
割れて完成する
そんな絶対的な破滅があるなら、

土になるために
土から造られた
矛盾の器。

器

割れた器は
刃《やいば》になる。

節制と均衡の中心から
外れた力、
壊れた円は角を立て
理性の冷たい
目を覚まさせる。

盲目の愛を窺う
陶器のかけらよ、

今僕は裸足だ。
切られることを待つ
皮膚だ。
傷の奥深くで成熟する魂。

割れた器は
刃になる。
何であろうと割れたものは
刃物になる。

愛の方式

凍らせることさえできるなら
たぶん火は花になるだろう。
燃えたぎる炎を
ひんやり凍らせるチューリップ。
火は胸で愛するが
氷は眼差しで愛する。
いかにせん。
悲しくも華やかな春の日に
僕は熱病を患っている。
寒さに凍えながら燃え上がる
僕の透明な理性、

花は決して折ってはならぬゆえ
眼差しで愛すべきだ。
一晩中の熱病でより冴えた
僕の視線の前で
ひんやり燃え上がる一輪のチューリップ。

愛の妙薬

石鹸は
自ら溶ける。
自身を崩してこそ結局他者も
崩れることを知っているから

古いほど、こびりつく
服の汚れ、
洗濯でも洗顔でも
こびりついた理念は
乳液のような柔らかな愛撫でのみ
溶ける。

繊細な感情の糸を一本ずつ捉え
全身で愛撫する石鹸、
その愛の妙薬。

石鹸は断じて
自身に拘らないから
理念より大きな愛を抱く。

銀山鉄壁

一羽のカササギが
ポプラの高い枝先にとまり
真っ青に凍り付いた冬空を
覗いている。
銀山鉄壁、
いかに割って登るべきか。
扉を開け、空よ。
岩も落雷で割れた隙間からのみ
ランの茎を押し上げる。
扉を開け、空よ。

IV

雁の行軍

空の電光掲示板に
数行のニュースが流れて行く。
冬の戦線が急速南下中、
通りすがりの案山子《かかし》たちが
一斉に足を止め、虚空を
眺めている。

天文台

お空の国の百貨店は
街中ではなく閑散たる田舎にある。
空一面に染みついたスモッグを逃れ、
狂乱するネオンの明かりを逃れ
清浄な山の雄大なる嶺にオープンした
売場。

お空の国の百貨店は年末年始ではなく
大気の澄んだ秋の夜が稼ぎ時だ。
ああ、降りしきる天の川。
星たちのバーゲンセール。

親の手を握った子どもたちが、それぞれの胸に
一つずつ星を抱いて
家路につく。

避泊

祭日
居間に集い楽しく茶菓子を食べる
一家団欒の笑い声。
きちんと置かれた玄関の靴たちが
鼻を突き合わせて
ぴんと
耳を立てている。

内港の埠頭に
一列に整然と縄に括られ
一斉に陸に向けて泊まっている舟たちの

竜骨。
暫し遠洋のうねりを避ける、その
静かな揺れ。

羅針盤

「?」印に似た
湖のアヒルの家族の一群がせわしく足をばたつかせ
水面を泳いでいる。
一羽、二羽と順に潜ったりしている。
何を探しているのだろうか。
昨日
夜空を飛んでいる時に誤って落としてしまった
あの羅針盤かもしれない。

日没

一日中、地球を引っ張り
日暮れ時
地平線に寝そべって初めて
休息を取る山脈。

一日の労役を終え
悠々と
ワラの上に倒れ　独りで反芻する
牛の背中の
もの寂しく柔らかな稜線よ。

青いスカートのジッパー

農夫は
大地の性感帯がどこなのかを
よく知っている。
欲望に躍る激情をあしらえず
荒い息遣いで喘ぐ、とある春の日、
農夫は果敢に大地を押し倒し
鋤で
彼女の青いスカートのジッパーを開ける。
ああ、眩くあらわになった
桃色の素肌。
シャベルと鍬の淫蕩な愛撫、そして

広げた土の中に流される幾粒の種。
大地はしばし戦慄する。
裸で寝そべる彼女の横で
起き上がり、汗を拭う農夫の、その恍惚たる労働、
彼はすでに
大地がいつ出産の喜びを得るかを知っている。
彼の頑健な男根が、また
いつ奮い立つかを知っている。

剽窃

晦日の夜空では
きらきら光る何千何万もの星たちの
大群衆集会。

銀河ダム建設反対!

同じ日の夜、地上では
手に手に蠟燭を灯した何十万もの人々の
夜間大蠟燭デモ。

四大江事業*反対!

* 李明博前大統領が進めようとした巨大運河建設プロジェクト。韓国を流れている四つの主な河川を運河で繋げようとした。

月食

誰が空の壁を越え
地球を脱出したのか。

一斉に消えてしまった番小屋の
サーチライトの明かり、
刑務所の中は一面漆黒の
闇だ。

イヌの吠える声だけがかしましい。

干潟

国境がしばし開いた。

突如として活力溢れる市場の
カニ、サザエ、カイ、ハマグリ、さらに
跳ねるムツゴロウ、這うタコまで……
各々が頭に載せ、背に負い、持ってきた商品たちの密売買で
市場は活気に満ちる。

潮が引いた時、
とっさに
陸地と海の中立地帯で広げられる

辺境貿易。
生存の物騒がしい餓鬼地獄。

音楽

葉が散れば
冬の木々はたちまち
楽器になる。
空にかかった音符に合わせて
風の指先で鳴る
楽器。

木だけではない。
渓谷の水音を聞いてごらん。
氷の下で共鳴しながら
岩にぶつかり流れる水も

音楽だ。

高い枝では高音が、
低い枝では低音が響く木は
弦楽器、
大きな岩では強音が
小さな岩では弱音が響く渓谷は
管楽器。

今日のように
天地に雪が真っ白に降り
慕わしい人の面影が消された日は
窓辺にもたれ音楽を
聞こう。

感動は目でなく

耳から来るもの、
冬は聴覚で浮きたつ虹だ。

ソウルに花の騒乱

敵の軍団
南の海岸線に上陸、
命令が下され突如どよめく
戦線。
塹壕から、防空壕から
緑色の軍服の兵士たちは一斉に空に向け
銃口を突き立てる。
発射！
小銃、機関銃、曲射砲、各種の銃と砲に
つく火、
地上の木々は先を争い花々を打ち上げる。

レンギョウ、ウメ、ツツジ、ツバキ……
その艶やかな花々の戦争。
敵機だ！
ソウル上空に不意に来襲する一群の
ハチたち！
迎え撃つミサイル。
その白い煙の中で
雲のごとく咲き乱れるサクラ。
春は花の大合戦なのか、
ソウルをお花畑にする
この春の花火大会

春は花の大合戦

山や川は地雷畑なのか。
春の踏み去った地の一面が
地雷の爆発で修羅場となる。
大地を突き抜けほとばしる、青や赤の
花と草と木の柔らかな新芽。
戦線には白い煙がほころび
かげろうの手招きを合図に
こっそり潜んでいるリス、タヌキ、ハリネズミ、ヘビ……
一斉に塹壕を飛び出す。
一寸の大地、指幅ほどの空を占領するための
激突、

その無残な生存のために
春はつかの間の休戦を破棄し、再び
大合戦の幕開け。

V

一月

一月が色なら
きっと白だろう。
まだ彩られていない
神のキャンバス、
山も白く川も白く
夢見る獣のような
僕の魂の額も白く、

一月が音楽なら
ささやく低音だろう。
まだ未完成の

神の発声法。
枝先で、葉先で、
僕の魂の弦の先で
風はときめき、

一月が言葉なら
母の優しい声だろう。
幼年の夢の中で
しきりに聞こえる彼女の叱責、

坊や、起きなさい。
もう日が出てるよ。

ああ、一月は
沈黙で迎える
眩しい大声。

二月

「もう」という言葉が
二月ほどよく似合う月は、たぶん
ないだろう。
年明けが昨日のようなのに
もう二月、
素通りせず、今日は
庭のウメを見てごらん。
いつも何もなかった、その場所に
いつの間にか芽ぐんだ
花。
世界は

呼ぶ名前の前でのみ存在を
さらけ出す。
出がけに足を止め
ふと
毛皮の外套を脱ぐ二月は
現象が断じて本質ではあり得ぬことを
示す月。
「もう」という言葉が
二月ほどよく似合う月は、たぶん
ないだろう。

三月

渓谷の流れに
耳を澄ませば
三月は
冬服を洗濯する女たちの
木槌の音として訪れるようだ。

満開のツツジの森に
耳を澄ませば
三月は
運動場で駆けっこする子どもたちの
大声として訪れるようだ。

新芽を育む大地に
耳を澄ませば
三月は
赤ん坊の乳を吸う音として
訪れるようだ。

ああ、眩しい太陽に向かって
薄緑の葉が手招きする月、三月は
あの日、アウネ市場*で叫んだ
万歳の声として訪れるようだ。

* 柳寛順の主導で、一九一九年の〈三・一独立万歳運動〉が行われた所。忠清南道天安市。

四月

いつの間に雷鳴が止んだのだろう、
ふと外を見れば
四月がそこにいた。
ゴロゴロ　ゴロゴロ
空洞の胸に響いていた激情は眠り
いつの間に黒雲が去ったのだろう。
ふと外を見れば
青く輝く川。
四月はそこにいた。
若き日はどれほど悩ましかっただろう。
熱病の熱い唇が

花びらとして膨らむ四月。
目を開けば、ふと
君は一輪のモクレンなのに、
誰が別れは悲しいと言ったのだろう。
ゴロゴロ　ゴロゴロ、空洞の胸を鳴らした激情は眠り
振り返れば、ふと
四方は眩しいばかりの青い川。

五月

どうしろと
言うのですか。
まばゆい緑で両目は眩み
濃い香りで息詰るのに
麻薬のごとくに恍惚と燃え上がる
肉身をつかまえて
僕にどうしろと
言うのですか。
ああ、生きていることさえ罪深い
青々とした春の日、
恋に焦がれたバラはつい

棘を身につけました。
彼処の空に佇み、君は
しきりに手招きする。

六月

風は花の香の道で
花の香は恋しさの道だけれど
僕には道がありません。
クリの花が狂おしいまでに香っていた日、
僕は森の中で道に迷いました。
あなたの体臭に
気が遠くなってしまったからです。
川は花びらの道で
花びらは待ちぼうけの道だけれど
僕には道がありません。
カエルがあれほどまでに

青い鳴き声で鳴く夜。
僕は野原で道に迷いました。
あなたの言葉に
心がうっとりしてしまったからです。
森は森に道だといい
野は野に道だというが
盲目の僕は、ああ、
どこへ行くべきでしょう。
緑も疲労すれば燃え立つ炎、
喘ぎ喘いで青い煙をかき分け
僕はどこへ行くべきでしょう。
川は川として流れ
風は風として流れるけれど。

七月

――シャルル・ボードレールへ

海は巫女
巻きあがるスカートの裾、
海は狂女
ざんばらの髪、
海は処女
蒼い額、
海は戯女
夢見る瞳、

七月が来れば海へ行きたい、
海へ行き

狂った女の躍る胸に
抱かれたい。

海は獣、
目に映る蒼い影。

八月

八月は身の程を
思い知らせてくれる月だ。

愛に溺れ
見境なくキスしていた花たちの
やけどを負い戻りし白昼、
僕らは知っている。
太陽が僕らだけのものではないことを、
あの眩しい空が
絶望になり得ることを、
誰もが独り

太陽を抱く者は
傷を負う。
疼く痛みの中でのみ目覚める
成熟、
黄色く燃えつくした胸を抱いて
木は木同士
草は草同士
ようやく視力を取り戻す。
八月は
太陽が何故、
黄道にだけ留まっているかを
最も確実に
教えてくれる月。

九月

コスモスは
どうして野道にだけ咲くのか。
アスファルトが
人間に向かう道なら
野道は空に向かう道、
コスモスの野道では、ふいに
死んだ姉さんに会える気がする。
咲く花が散る花に会うように
九月は、そうして
生と死が通り過ぎる月。
コスモスの花びらからはいつも

空の香りがする。
ふと顔を上げれば
もう淡くなり始める日差し。
太陽は黄道で既に傾いているが
コスモスはどうして
花の散る季節に咲くのか。
愛が待つことに先んずるように
待つことは成熟に先んずるもの、
コスモスの咲くように、九月は
そうやって
空が開く月だ。

十月

何かを失っていくということは
一つずつ成熟していくということだ。
今はもうこれ以上失うものがない時、
顧みれば、ふと
僕だけが取り残されている。
慕わしさを渇望していた春の夕暮れ
はらはらと散る花びらは、どれほど悲しかっただろう。
欲情に燃えた夏の白昼
やけどを負った葉っぱも、どれほど痛かっただろう。
だが、今はもうこれ以上失うものがない時、
この地上には

寂しい命ひとつがひっかかっているだけだ。
落果よ、
君の最後の投身を悲しむなかれ。
最後の別れなら、それはもう別れではない
光と香の混ぜ合わさった、もう一度の出会いなのだから、
僕たちは
一つの美しい別れを得るために
今日も
失っていく練習をすべきだ。

十一月

いまは太陽が低く昇る季節、
顧みれば
みな去って行った。
花の跡、
葉の跡、
がらんどうの野を守るのはアシだけ。
霜降。
霜柱の冷たい刃先の前で
花は花同士、葉は葉同士
荒地に
自ら命を投げ出すが

アシはひっそりがらんどうの空を見上げ
時代を痛哭する。
萎れて腐るより
枯れて粉々になることを選ぶ、あの
スイカズラ。
アシは
生命体が最も低い地を求めて
身を横たえる時
むしろ空に向かい立つ。
日を仰ぐ。

十二月

火花のように、ことごとく消え去るということは
どれほど美しいことか。
自ら選んだ闇のために
最後の灯りが消える時、

流星のように、しめやかに、この地上に深く眠るということは
どれほど美しいことか。
虚無のために夢が
燦爛と崩れ落ちる時、

若き日を侘しく振り返る目よ、

憐れむな。
生涯のどんな時よりも暗き日の夕に
愛は成熟するもの。

明々と明けくる闇の中へ
時間の最後の芯が燃焼する時、
目を開けろ、
絶望の、その光る目を。

VI

あの鴫はどこへ行ったのだろう

波が引くと
数羽の鴫《シギ》がちょろちょろと走り行き
絶え間なく餌をつつく。
現れた砂丘の干潟の上に
乱雑な足跡がつく。
波が寄せると
再び消され空っぽの砂浜。
母の手を握り立ち入った
小学校の運動場も、
重い足を引きずり涙ぐみつつ振り返る
彼女の後ろ姿も、

講義室のあのきらきら輝いていた学生たちの眼差しも、
原稿用紙のマス目を埋めるのに疲れ果て寝入った
僕のか細い指の間の万年筆も
空しく
消えて失せた。

波が寄せたり引いたりする間、
誰かがテレビのリモコンで
パチッと、
一生を終える
その間。

北洋航路

寒の内、
ペチカに火をつけ、ふと
極地を航海する
夜の海の船舶を思う。
燃料はすでに底をつき始めたが
僕は
火室で石炭を燃やす
この船の一介の老いた火夫。
一隻の古びた蒸気船を率いて
先の見えない時間の波に逆らって
ここまで来た。

外は吹雪。
まだ室内は温もりを失ってはいないが
出航のときめきはすでに消えて久しい、
目的地不明、
航路からは離脱、
頼りはもっぱら北極星、南十字星、
壁にぶら下がる十字架の下で
ルートを外れた海図を手に
暖炉の灯りに照らして見る目はぼやけ
細々と白い煙を火筒から吹き出しながら
北洋航路、
凍りついた夜の海を漂流する、
人生は
揺れ動く一軒のあばら屋。

七十歳

一生を生きる間、鳥は
一片の雲をくわえてくるために
毎日毎日
飛翔するのかもしれない。
僕の一生が、詩を追ってきたように

しかし、雲は実際
空に浮かぶ一筋の煙。
数十億年間
風が花びらを飛ばしてきたように、
日差しが影を描いては消してきたように

退屈な空が顔を現し
おどけて空に築いては崩す
悪戯ごと。

目のぼやけた
私の齢は、いつの間にか七十、
窓の外
枯れ枝の端にとまって、いまだ
白い雲を仰ぐ老年の
一羽の鳥を見る。

ただ風が吹いた

あなたが僕を
この寂しい海岸に呼び出したのは
きっと何らかの考えがあったからだろうが
僕にはその考えが分からない。
丘に咲いたハマナスの考えも、
いたずらに押し寄せては引いていく波の考えも
その白い砂浜に半分崩れた作りかけの
砂の城の考えも……
ただ風が吹いた。
その風に花びらが散り乱れ、
その風に波が立ち

その風に砂があがいた。
すべてが風の悪戯と思っている私に
さて風は
なぜそのような悪戯をするのか
教えてくれなかった。
夢のように夢のように、その手招きに引かれて
地の果てにまで来た僕に、あなたは
ただ
夜を待てという。
風に帆を満々と広げた丸木舟に乗って
君も潮時に合わせて
この恐ろしい海を渡れという。
君も直ぐ風に乗れという。
枯れ枝の先にぶら下がっている枯葉が
風に吹きさらわれ
はらはらと

青い空を渡るように。

砂の城

誰かが僕を
ポンと押して、この世に来たように
ある日差しの明るい日、
誰かが再び僕をポンと押してどこかへ
送り出すかもしれない。
押し出されないために
境界線を引き
自ら慎まないわけでもなかったが
光を追って生きてきた僕の生涯は
むしろ、その光のまぶしさで
度々線を踏んだりもした。

水平線、地平線のその向こうには
何があるか。
過去は記憶、現在はただ感覚だけだが
その感覚の向こうには、一体
何があるというのだろう。
誰かにポンと
押し出されて来たこの世界は、実は光に閉じ込められた
罠。
その出口を探して辿り着いた海岸には
どんな天上の子供たちが遊んでいただろうか。
城はもう崩れたが
かすかに跡を残す、砂浜に引かれた
その一筋の禁断の線。

足跡

おそらくここが
そこなのかもしれない。
母の胸に抱かれ
光が初めて私の瞳孔に射した瞬間
波音が遥か聞こえた
ある海辺。
その波音を追ってさ迷った一生が
真っ白い原稿用紙のように空っぽの
砂浜に
何かを書いてみる。
しかし、すぐに

潮が満ちて消してしまう。
専ら風だけが正確に読んだはずだ。
前に来た、その誰かも、
その前の前、またその前の前の前の
誰かもそうだったはずだ。
私の永遠はどこだろう。
果てしない水平線の一端を摑み
砂浜にありったけの力で書いてみる
数行の詩、
そして、その下に
一瞬の健在を確認するために
いたずらに押してみる
落款印。

干潟

潮が引くと
干潟にはあらゆる生きものたちの
阿鼻叫喚。
戦って、争って、奪って、奪われて、
交尾して、別れて、
カニ、カイ、ハゼ、タコ、サザエたちの
天下だ。
潮が満ちると
すっかり茫々たる海。
一瞬ですべてのものを消してしまう。
白昼の形相を闇が消してしまうように

始まりが終りで、終りが始まりの
遥かなところから
波が押し寄せて
遥かなところへ波が引いていく、
人生とは
干潟の上の一生、
今日である昨日を、また未来だと信じるが
潮が引くと
再び一生が始まり
潮が満ちると、再び
一生が終り。

童話

影を脱ぎ捨ててこそ僕は
自分になれると思っていた。
だから僕はいつもあなたの手首を
手放したかった。
入学式で
あなたの手を振り切って生徒になった。
結婚式で
あなたの手を振り切って夫になった。
引退式で
あなたの手を振り切って無職になった。
自分が誰なのかも分からないまま、僕は

楽しみ
重力の罠に落ちるイノシシに、
あるいは光の網にかかってもがく
チヨウになったりした。
そのたびに、あなたは再び
僕の手首を摑んでくれた。
しかし、もう僕には振り切るものがなくなった
老年のある日、
どこからか笛の音がかすかに聞こえてきた。
風が吹く
その笛の音に魅了され、どこかの道に進み
ふと踏み外した瞬間、僕は
切り立つ崖っぷちなのか、底知れぬ深い水なのか
遥か大空を滑り落ちてきた、
僕はそれを飛翔だと思った。
うっとりとした。

放たれたばかりの精子だったのだろうか？
大気圏の外で
命綱を摑みそこねた宇宙飛行士だったのだろうか？
ああ、僕は遂に
影のない自分になったのだ。
秋風にはらはらと
一枚の葉が落ちていた。

一生

光のクモの巣にかかってもがく
一匹のチョウだったのか？
光ゆえに見て、
光ゆえに確認して、
光ゆえに愛して
一生涯は光が繰り広げる幻影。
実は
母の胸に抱かれて、やっと
目を開いた、その瞬間も
光に満ちた虚空ではなかったか。
しかし ああ！

僕に愛する人ができたのだ。
光で見られない貴方を
恋煩う愛を。
そして、この地上は霧、遥かに押し寄せる雲と
夕闇、
いくら抗っても
切り離せない影、
その霧をかき分け、どこからか聞こえてくる
鐘の音、
その鐘の音を追って
虫のように光の始原を探し回った一生は、実に
どれほど過酷であったか。
ついに一匹のガが
ろうそくの火に自ら体を燃やすように
光でぼおぼおと燃え立つ火炉で肉体を燃やした後
立ち去る火葬場。

夕焼けに
銀色の機体をピカリと翻す飛行機が
一瞬で雲の中に消える
虚空を見る。

冬の朝

心の貧しき者は
天国が我らのものだといったか。

たとえ頑迷な時代に立ち向かい
霜柱の猛々しい凍土に追い出されたとはいえ
意識は
寒さと孤独の絶頂で最も明澄に
なるので

理性が
氷壁のあの燃える額で

きらっと光るこの冬の朝に起き、僕は
まず
詩を書く。
一晩中白く降り積もった雪原で、ちょこちょこと歩く
山鳥たちのその清らなる
足どり。

ペットボトル

空っぽのペットボトル一本
水面に見え隠れしながら浮いている。
付いているラベルはまだ鮮明だ。
そのブランドでかつては高い価格で売られたり
かつては爛熟した女性の唇を貪ったりしたが
今は捨てられ
危なっかしく波に揺れている。
風が吹く。
海が荒れる。
ボトルは水をいっぱいに飲んで吐き始める。
ああ、この世界は

はかなく吹いては消える一筋の風。
その風で台風が生じ、
その風で海流が変わる。
しかし立ち止まっているここが
まさに水平線であることを知らない僕の魂は、
その風にもたれかかり
今どんな水平線に向かって行こうとするのか？
太陽と月と星が手招きする、あの向こうの
遠い村に向かって
海を渡る空っぽのペットボトル一本、
波にさらわれている。

渡り鳥

行ってたくさん学んで来いとおしゃったあなたのお言葉。

一生は勉強だというが
師を求め九万里の山を越え川を渡り
数々の教場をさ迷い歩いても
言葉による言葉では
いまだに悟りを得られない。

僕は誰か。
知識は多いが真理がない
僕の永遠は

くねった夜の水煙。

すでに秋、
あなたへと戻るべき日は
迫っているが
数多い世界の名言は何ら役にも立たず

シラサギ一羽
日が沈む川沿いにひっそりと佇み
じっと
川音を聞いている。

水墨画

僕は見たが
相手は僕を見ていなかった。
僕は近づいて相手を捉えたが
相手は僕の手に摑まらなかった。

僕は再び相手を呼んだ。
それでも相手に僕の声が届かなかった。
間近で、間近で
僕は声の限りに叫んだが
僕が世界で最も愛したその人は
気づかぬまま

わが道をすたすたと立ち去った。

夢から覚めた夜明け、
汗びっしょりに濡れ、入口の水さしをさがしていると
ふいに手に触る
床上の枯れ落ちたラン
一輪。

白い障子紙には
大晦日の月光が
水墨画で濡れていた。

出棺

星は空にだけあるのではない。
夜間飛行で見下ろす
地上の灯りは星の世界、
明るい星一つを探して　僕は
この地上に来た。
しかし、いざ到着したこの空港は
乗り継ぎのための経由地。
着陸してすぐ
別の便に乗り換えねばならない。
三つの車輪はすでに下ろされた。
滑走路を転がる

今、窓にはしきりに雨が
まき散らされているが
振り返れば、幸いにも過去の気象は良かった。
風と雲をかき分けて
事故もなく飛んできた一生の航跡。

しかし、今、僕はまた別の星を探して
搭乗を急がねばならない。
再び、もう一つの飛翔を夢見なければならない。
地上三万五千フィートの暗い上空を
ペガサスのように、
カシオペアのように。

性戯

眩暈がする。

震えおののき、震えおののき
揺れる流れに乗って

ゆうゆうと、ゆうゆうと
奈落の底に沈み落つ花びら。

明け方にやっとうっすら
眠りについた。

昨晩の台風は尋常ではなかった。

中空にようやく目覚めたかと思ったら
再びとろりと眠気がさす
白昼、
スイレンのその疲れたまぶた。

マイナンバー

かろうじて、名前一つで
暫し留まるだけの
惑星。

所持品の持ち出しは一切不可
出国手続きは至極簡単。

僕のパスポートナンバーは
420804-3301787。

朗読

紅葉の雅に染まった渓谷と
くねくねと碧く流れる川、
立ち上り始める水霧をかきわけて
長閑《のどか》な午前のひと時
ブルブルブル……
一機のヘリコプターが
快晴の秋空を無心に
独り飛び行く。

羽化

春、

書架を片付けていて
偶然手にした、色褪せた一冊の詩集。
埃を払って開けば
はらはらと
チョウが一匹舞い上る。

昨年の晩秋
栞に挟んでおいた
コスモスの花びら。

インディゴブルー
その寂寞たる空。

葉書

カナカナ　カナカナ、
真昼、さびしげに鳴り響くブザーの音に
おたおたと飛び出し、玄関を開けると
地面に落ちて翻る一枚の桐の葉。
送り主はない。
秋。

秋の雨音

一曲の交響曲なのか？
吹いて、叩いて、弾いて、或いはこすって
音を出す楽器、
秋の夜の雨音を聞いてみよ。
ピアノを弾くツタの葉、
シロフォンを叩くスズラン、
バイオリンを弾くノギク、
トランペットを吹くアサガオ、
鼓を鳴らすヒマワリ、
光のない夜、花たちは変身し、みな
楽器になる。

雨と風と雷が織りなす、
実のところ、神様が指揮する自然の
大オーケストラの演奏。
低く或いは高く、小さく或いは大きく
ハーモニーを奏でるその居心地良き旋律よ。
日常の騒音に疲弊したわれわれを
すうっと眠りにつかせる秋の雨
その雨音よ。

星

——母上

母上、
ふと貴女を呼んでみます。

—善良に生きることもできませんでした。
—潔く生きることもできませんでした。
—美しく生きることもできませんでした。

今思えば
貴女の名前は懺悔でした。

母上、

人知れず貴方を呼んでみます。
—こんなに早く逝かれるとは思いませんでした。
—こんなに偲ばれるとは思いませんでした。
—こんなに会いたくなるとは思ってもみませんでした。

今思えば
貴女の名前は、悲しみでもありました。

詩の書けない夜、
窓を開けてじいっと暗い夜空を眺めてみます。
遥か地平線の向こうで輝いていた星一つが、
ころりと転がり落ちてきて、目に滲みます。

—お前は偉いよ。よくやった。
泣くのはおよし。

母上は大空の星となり、
ずうっと
私を見守っていらっしゃったのでした。

解説

徐載坤

呉世栄（オ・セヨン）は現代韓国の代表詩人で大韓民国芸術院会員である。一九六五年にデビューし、五十余年間、創作活動を続けて、これまでに約三十冊の詩集を刊行した。その一方で、一九八五年から二〇〇七年まで、ソウル大学国文学科の教授として在任しながら、学者、批評家としても活躍してきた。

彼は韓国現代詩の歴史そのものであり、世代を超えて愛されている。その理由は、第二次世界大戦以後、植民地からの独立回復、その後の近代産業化と民主化のプロセスを経て先進国の仲間入りするまで、世界で類のない激しい現代韓国社会の変遷を、彼独自の感性で抒情詩の領域で詠みあげてきたからである。

デビュー期には、韓国の伝統社会が産業化によって崩壊していく様子を、伝統的抒情性の否定と解体の作業を通じて描いた。中期の詩の世界では、独裁政権下における時代の不条理を現代人の実存的な苦悩を重ねて、仏教と中庸のような東洋思想に基づいて形而上学的レベルに昇華させた。その後は〈自然抒情詩〉と称される作品世界が現れ、現代文明社会の危機を人間と自然が調和し融合することで乗り越えられるという詩人自身の信念を、社会と人間そのものに対する愛情で表出している。

彼の長い詩的道程はイメージの造形、存在の探究、東洋的な精神世界の追究、文明と現実への批判、自然との合一、寂滅への無言の精進と要約できる。

一九七〇年に刊行された第一詩集『反乱する光』は、言語の美的創出と疎外された現代人の内面意識の形象化を追究した詩集である。

燃えるソウルの居酒屋たちを指しながら／どこへ行こうとするのか、燃え尽きた精神の灰／死、あるいは創造の灯り

（「火1」）

切り落とされた腕と足、私の心臓から／鳴く虫、魂の肉の塊　一つの肉片

（「火2」）

癒されるかな？　この痛み／あの毒のキス、侘しい男は／一晩中　路地をぶらついた。

（「火6」）

この詩集の代表作である「火」連作に登場する、精神は燃え尽きて荒れ果て、身体は「腕と足」が無く、癒せない「毒」に侵された詩的主体は現代人の生の姿であり、近代化・物質文明

の暗い裏面の象徴であろう。
第二詩集『もっとも暗い日の夕べに』（一九八二年刊。本書に「夢見る病」「矛盾の土」を収録）では、抒情性と哲学性の結合を試みた。その中心イメージは〈火〉と〈器〉で、火は内面的苦悩とそれを治癒する属性を帯びている。器は完成と亀裂の可能性を同時に持つモノである。また、欠乏、苦痛、喪失は生の本質であるが、そのような生に意味を与えるのが愛であることを悟ったのである。
第三詩集『無明恋詩』（一九八六年刊）は仏教と老荘思想などの東洋思想が核を成している。

指から外れた／指輪　一つ、／ゴロゴロ　この世を輪廻し／萎れた叢に／隠れて消えた。
（「指輪」）

億万劫の前世の時間を解きながら／夢見ている島の漁夫は
（「夢見ている島」）

寂しい日には／笛を吹いた。／　空っぽの胸に響く／風の音。／／喜、怒、哀、楽／四つの穴は割れっちゃたね、
（「笛」）

第四詩集『燃える水』（一九八八年刊。本書に「恋焦がれ果てたなら」を収録）は日常の営みが詠ま

れている。この詩集では、火と水という相反する元素が一つに融合しており、水は沸くことによって平静な状態を保つ。この激情的な火こそ詩人の自我である。

春の日、／地表に吹く新芽は／火花だ。／土の中で／冬すがら　地熱で熱した小麦の粒が／一気に爆発／神様のマッチだ。
（「春の日」）

春に咲く花たちは／命懸けで太陽を恋人だと言い張りながら／青空に潜り込む。／／去年の夏にやけどしたわが恋は／この春　まだ癒えてないのに。
（「やけど」）

第五詩集『恋のむこう』（一九九〇年刊。本書に「器」「愛の方式」「愛の妙薬」を収録）は、「器」というタイトルの連作から成っている。ここでは、宇宙、世界、人生などのすべての存在論的な意味を「器」と見取ろうとしており、それは世界を見つめるパラダイムである。また、「器」は人間の限界のメタファであり、人間の不完全さと弱さを〈割れた器〉で形象化している。さらに、その鋭さは理性の鋭さに変容する。

第六詩集『花たちは星を仰ぎながら生きる』（一九九二年刊。本書に「遠視」「別れの言葉」「恋しい人が恋しくて」「木のように」「海辺で」「雪花」「母さん」「咲く花が散る花と会うように」、第五章の十二篇を収録）では、引き続き存在論的な探究が行われているが、抒情性が強化されている。レトリックの方では連作という創作様式が継承され、第五章の詩群のように、四季の循環に合わせて詩的イメージを構成している。遠くにいるものは手が届かないから美しい（「遠視」）し、「太陽を抱く者は／傷を負う。／疼く痛みの中でのみ目覚める／成熟」（「八月」）と「生涯のどんな時よりも暗き日の夕に／愛は成熟するもの」（「十二月」）のように、成熟は痛みを伴う。さらに、この詩集には社会性と現実性が色濃く表現されていて、「川水に溶ける氷のように／私たちも一つになって南北に流れよう。／私たちも羊の群れになって　これから／共に生きよう」（「共に生きよう」）のように韓半島の南北分断の現実、「土でなく／アスファルトの上で咲く花もある。／肩と肩を組み／腕と腕を繋げ／ワーワー！　バリケードを超える／その向日性、／（中略）／万歳！／総決起した／光可憐なわが国の六月の朝顔」（「アサガオ」）のように、韓国の民主化運動、という同時代的な素材の詩が登場する。これらの詩からイデオロギーを見つけることは難しいが、隠喩と象徴によって現代韓国社会の大事件を描いた彼なりのアンガージュマンである。

第七詩集『愚かなヘーゲル』（一九九四年刊。本書に「音楽」「実」を収録）では、「愚かなヘーゲルよ、／感性は理性に先立つ、／詩の道は哲学の道とは違う」（「愚かなヘーゲル」）のように感性の重要性を強調しているかにみえるが、実は感性と理性の統合を目指し、「あらゆる生成する存在」は丸くて鋭く尖ってはいるが円やかで角がない（「実」）と語っている。

第八詩集『涙に映る空の影』（一九九四年刊。本書に「遠い日」「ある日」「空の詩」「あなたの笛」「千年の眠り」を収録）では、反抗の形而上学を夢見ている。「あなたの笛」の笛の音は、詩を超えた詩、詩の永遠なる形式を意味する。一方で、この翻訳詩集の表題詩である「千年の眠り」では、ものはそれぞれの存在理由があって選ばれたり捨てられたりするが、その理由が明らかになるまでには時間差がある。場合によっては千年という長い時間が必要であるかもしれないが、焦らず、時間が経つのを待つべきであると言っている。

第九詩集『アメリカ詩篇』（一九九七年刊）はタイトル通り、アメリカ滞在経験から生まれた詩を集めた詩集である。しかし、単にエトランゼの目に映ったアメリカ文化の観察にとどまらず、私たちの日常生活の中に深く根付いているアメリカ文化の痕跡の発見という、アメリカと韓国という境界を越えた文明論的な記録である。

飼料と食べ物の差は／なんだろうか。／食べられることと食べること　あるいは／作られていることと自分で作ること／人は／自分の好みに合わせて食べ物を作って食べるが／家畜は／否応でも　好き嫌いに関係なくすでに配合されている材料の食べ物だけを／食べなければならない／（中略）／しかし　私は今／ハムとチーズとトマトの切れ端とパンと防腐剤が一律に配合された／アメリカの飼料を食べている　　　（「ハンバーガーを食べながら」）

食器は単に／食べ物を盛るだけの容器ではない。／母の真心が／柔らかい両手に支えられて食卓に載る皿／（中略）／しかし今食器は／単に食器に過ぎない。／マグドナルドやタコベル、いやどこでも／アメリカの食卓に置かれている食器、／使い捨ての／紙コップか、発泡スチロールの皿

（「紙コップの愛」）

ハンバーガーに代表されるファストフードと使い捨ての「食器・皿」を見ながら、利便性だけを追求する現代の生活スタイルの問題点をいち早く悟っている。

第十詩集『崖の夢』（一九九九年刊。本書に「太平洋に雨降りて」「風のうた」「ライラックの木陰に座り」「どうして避けて行かないのか」「冬のうた」「待ちぼうけ」「僕を消して」を収録）の詩の世界を一言でいえば、自然は人生の教師であるということだ。「冬のうた」の、心理化された自然は詠嘆の場であり、傷ついた心の癒しの場・慰めの場である。「待ちぼうけ」では耐えることが集積して事実上の実りが持たされる。だから、季節に従い種を植えて収穫すべきであると訴えている。「太平洋に雨降りて」等では、いろんな等価物によって人間の愛を充足させてくれるという愛の礎としての自然を詠んでいる。その愛の痕跡の一部がテツドウグサ、白いチョウ、月光、オシロイバナである。

人間とモノの本質を知性的に探究し、論理的方式で繰り広げてきた詩的スタンスを保持しながら、六十歳という年齢からくる心理的疲労感、ないしは老いの情緒が新たに加わったのが、

第十一詩集『寂滅の光』（二〇〇一年刊。本書に「青い空のために」「別れの日に」「宝石」を収録）である。お風呂に浮かんでいる垢を見ては自分の汚れを反省したり（「どこへ行くのか」）、洗面台の水に映った白髪だらけの自分の姿に違和感を感じたりする（「濡れた目」）。

　第十二詩集『春は花の大合戦』（二〇〇三年刊。本書に「ソウルに花の騒乱」「春は花の大合戦」「法について」を収録）は資本主義の文明に侵食された普遍的価値に対する悲歌・哀歌であり、いつも新生の姿を見せてくれる春・自然に対する頌歌である。文明社会に対する批判意識と、人間と自然に対する原初的で形而上学的な認識を表している。コンピューターの中のサイバー空間で遊泳している「私」（「サイバー空間」）と「観念と虚無の中間で徘徊する／サイバー人間」（「サイバー人間」）のように仮想空間を生きている現代人の姿を描いている。また、「携帯電話」連作では文明時代の利便性と偏向性の象徴としての携帯電話の属性を明らかにしている。その一方で、「手紙とは／書かれている内容よりも筆跡と行間の／痕跡がより貴重であるはず」（「メール」）、「コンピューターを捨ててペンを取る。／まだペンでないと書けない／私の詩」（「花の種を手で植える」）のように、人の「手」＝ヒューマニティーを強調する。そして、「ソウルに花の騒乱」と「春は花の大合戦」では、生命が躍動する春とすべてを破壊する戦争を等価とみなしている。詩人の自作説明によると、前者では春の百花繚乱の風景を戦場の爆炎と爆煙に譬えて描写した。そして、後者の場合、すべての生命体は戦いの本能を持ち、破壊は創造をもたらすというニーチェと適者生存というダーウィンの考えが背景にある。芽生えや開化のような自然現象そのものが生存闘争であるという。しかし、ほかの詩と比べるとかなり異質的であり、日本人が受け入れにくい面もある。

第十三詩集『時間の丸木舟』（二〇〇五年刊。本書に「野花」を収録）は〈物我一体〉〈以物観物〉の境地に達した自然（抒情）詩が収録されている。自ずと溢れ出る言葉、自然への愛情が詠われる詩篇では、木・小石・野花が詩的主体であったり、敦煌・ゴビ砂漠・パミール高原などの理想郷としての自然が詠まれている。

第十五詩集『扉を開けてくれ、空よ』（二〇〇六年刊。本書に「銀山鉄壁」「雁の行軍」を収録）では世の中と妥協せず、剛直な詩人でありつづけようとする志が鮮明に表れており、銀山鉄壁のポプラにとまっているカササギ（「銀山鉄壁」）として表象されている。また、「アトピー性皮膚疾患として来る／春」（「百花繚乱」）のように自然破壊と戦争の暴力性を告発する詩篇も見られる。

第十八詩集『風の影』（二〇〇九年刊。本書に「君を探す」「天文台」を収録）は整った形式、優雅な文体、過剰を許さない言語から成り立っている。「詩人の言葉」で詩人は、永遠なるものは自然と詩しかなく、神が造った自然を模倣して人間が創ったのが詩であると言っている。だから、「日没の秋の夕暮れ／さざ波立つ川辺の萎れた草むらに一人／呆然と座り込んで」、風・川・雲という「名」で「君」を探す（「君を探す」）様子からは求道者の姿が連想される。そして、「中が空っぽであること　即ち／生きていること」（「生命体は水に浮かぶ」）、「無抵抗が暴力を沈ませる」（「麦」）のように、逆説的表現が目立つのが詩集の特徴である。

第十九詩集『夜空の碁盤』（二〇一一年刊。本書に「避泊」「羅針盤」「日没」「青いスカートのジッパー」を収録）では、天空からの俯瞰によって地球上の生を碁盤のように整然と明瞭に描写している。また、人類が抱えている地球上の様々な問題を一つの生命体としての地球という認識（「日没」）で描いている。大干ばつは工場の煙突から大気中に排出された「汚染物質」による息苦しさに対する「日光と水蒸気」のストライキ（「ストライキ」）であり、ゲリラ豪雨で崩壊した堤は地球の動脈硬化（「動脈硬化」）の象徴である。また、金融危機の寒波と株価の下落による一家心中を水道管の凍結（「凍破」）として描写している。その一方で、「青いスカートのジッパー」では、種を蒔いて芽生えを待つという農作業を性行為にオーバーラップさせながら表現している。

第二十詩集『青空からの拍手の音』（二〇一二年刊。本書に「羽化登仙」「剽窃」「月食」「干潟」「生とは」を収録）はアレゴリー（allegory）・同一化が主なレトリックとなっている詩集である。枯れたカボチャの蔓から養護施設の骨だけの痩せた老人（「カボチャの蔓」）を連想したり、自動車のエンジンと人間の心臓（「井戸」）を、自動車の潤滑油と人間の血（「血」）を同一視している。また、地球の影に隠れた月を「一斉に消えてしまった番小屋の／サーチライトの明かり」（「月食」）に、全国的な規模の「四大江事業」反対のデモを「銀河ダム建設反対」のための「晦日の夜」の「何千何万もの星たちの／大群衆集会」（「剽窃」）に喩えている。

そして、「私が行く道とは関係なく野花は咲き、星は光り、筏は川に浮いているのだ。しかし同時に、野花は散り、星は曇り、筏は捨てられる。一人で燃える野花の運命、砂嵐でぼやけた星の光の運命、対岸に着いたら捨てられる筏の運命、夜になると、沈んでいく夕焼けの運命は、人間の生の運命と同じものだ。生まれては消えてゆく運命、すべての生き物の宿命が「生」であり、それが生命である」という詩人の言葉は、彼の死生観であり、この考えが凝縮されているのが詩「生とは」である。

第二十三詩集『秋の雨音』(二〇一六年刊。第六章の前半の十二篇)では、詩の認識的——特に哲学的認識に——価値に対する執拗な確信と熱情を率直に打ち明けている。「お前は偉いよ。よくやった。」(「星——母上」)という母からの慰めの言葉が欲しいという願いの反映、切実に慰労を必要とする現代人の心情が表れている。

第二十四詩集『北洋航路』(二〇一七年刊。第六章の後半の九篇)は、分かりやすいが深みのある詩集で、天真爛漫な少年の視線と狼狽する老人の思索が交差している。「北洋航路」で「私」は年取った火夫で、目的地を失って航路から離脱し北極星と南十字星を頼りに極地の夜の海を漂流している。方向を喪失したまま漂流する憂鬱なニヒリズムは初期から持続されてきた詩人の詩的傾向である。七十歳を超えても流氷のように漂流している詩人の内面には未だに虚無の影が落ち、自我の探究を続けている。

詩・詩作と人生を表裏一体のものと見なし、その本質を探究し続けてきた詩人の航海は、まだ現在進行形である。

1942年　0歳
五月二日　全羅南道霊光で、父呉炳成、母金環男の間に生まれる。父親は誕生前に亡くなり、誕生百日目から、母の実家で育てられる。

1960年　18歳
全州の高校卒業。韓国戦争（朝鮮戦争）のために一家が没落し、大学受験を諦めて放浪する。

1961年　19歳
旅から戻り、ソウル大学国文学科入学。

1965年　23歳
ソウル大学卒業後、故郷全州の女子高校に国語教師として赴任。四月、『現代文学』誌に詩「暁」他一篇が推薦される。

1967年　25歳
ソウルの女子高校に転任。

1968年　26歳
一月、『現代文学』誌に「目覚める抽象」他一篇が推薦される。

1970年　28歳
四月、長い間闘病していた母が心臓弁膜症で死亡。第一詩集『反乱する光』出版。秋に、林歩、金春碩、李健清、申大澈、趙廷權、李時英らと、同人誌『六時』を二回発行。その後、李健清と同人誌『現代詩』に参加するようになり、同人誌『六時』は解散。

1971年　29歳
ソウル大学大学院国文学科修士課程入学。母の死によるショックで、春から一年間、ひどいうつ病と不眠症を患う。十二月、李鳳柱と結婚。

1972年　30歳
同人誌『現代詩』第二十五集から、同誌の正式な同人になる。

1973年　31歳
六月から八ヶ月間、徴兵期間を過ごす。

1974年　32歳
三月、忠南大学の専任講師になる。ソウル大学大学院国文学科博士課程入学。秋、軍事政権に抵抗する文学サークル〈自由実践文人協会〉設立発起人になる。

1975年　33歳
一月、『東亜日報』事件で、忠南の情報機関から取り調べを受ける。その後、四・一九革命十五周年を記念して書いた詩が学内で問題になる。

1980年　38歳
ソウル大学で文学博士取得。学術書『韓国浪漫主義詩研究』出版。

1981年　39歳
三月、檀国大学の副教授に就任。

1982年　40歳
第二詩集『もっとも暗い日の夕べに』出版。金光林、李烔基、許英子、李健清、金鐘海、姜禹植らと共に台湾の台北を訪問、台湾の陳忠武、日本の秋谷豊らと〈アジア詩人会議〉設立に参加。

1983年　41歳
第十五回詩人協会賞受賞。評論集『抒情的真実』、『現代詩と実践批評』出版。

1984年　42歳
第四回緑園文学賞評論部門受賞。

1985年　43歳
三月、ソウル大学国文学科教授に就任。第一禅詩集『矛盾の土』出版。

1986年　44歳
第三詩集『無明恋詩』出版。

1987年　45歳
詩人協会事務局長在任中、『少年韓国日報』紙の協力のもと、十一月一日（韓国最初の近代詩「海から少年へ」が収録された『少年』誌の創刊日）を〈詩の日〉制定に尽力する。『文学思想』誌の第一回素月詩文学賞受賞。アイオワ大学の International Writing Program 修了。

1988年　46歳
第四詩集『燃える水』、評論集『韓国現代詩の行方』、学術書『文学研究方法論』出版。

1989年　47歳
学術書『二〇世紀韓国詩研究』、評論集『言葉の視線』、第一エッセイ集『愛に疲れた人よ、憎悪に疲れた人よ』出版。

1990年　48歳
第五詩集『恋の向こう』出版。八月、第十二回世界詩人大会で、執行委員長として「文化の調和と物質文明」講演。

1991年　49歳
第二禅詩集『神の空にも闇はある』、評論集『想像力と論理』出版。韓国とユーゴスラビアの国交樹立記念文化交流事業として、ユーゴスラビア政府の招請により、マケドニアのストルガ文学フェスティバルに参加して韓国の詩を紹介。フランスの批評家アンリ・メショニックと「現代西欧文明の危機と東アジア文化」発表。

１９９２年　50歳

第六詩集『花たちは星を仰ぎながら生きる』出版。第四回鄭芝溶文学賞・第二回片雲文学賞評論部門受賞。

１９９４年　52歳

第七詩集『愚かなヘーゲル』、第八詩集『涙に映る空の影』出版。詩集『花たちは星を仰ぎながら生きる』日本語版（なべくらますみ訳、紫陽社）出版。ソウル遷都六百年記念〈誇らしいソウル市民〉に選ばれる。

１９９５年　53歳

八月から一年間、カリフォルニア大学バークレー校東アジア語科で韓国現代文学を講義。

１９９６年　54歳

評論集『変革期の韓国現代詩』、学術書『韓国近代文学論と近代詩』出版。『東亜日報』紙の第二回一民フェローシップ受賞。

１９９７年　55歳

第三禅詩集『あなたがいないから』、第九詩集『アメリカ詩篇』出版。オクタビオ・パスの推薦で『神の空にも闇はある』スペイン語版出版。また文学季刊誌『帰郷』に特集され、作品が翻訳・紹介される。崔東鎬高麗大学教授、金載弘慶熙大学教授らと〈韓国詩学会〉を設立（金容稷ソウル大学教授が初代会長）。中学校国語教科書に詩「音楽」が収録される。

１９９８年　56歳

評論集『韓国現代詩の分析的解読読み』出版。

１９９９年　57歳

詩選集『遠くの君』ドイツ語版出版。第十詩集『崖の夢』出版。第七回空超文学賞受賞。〈韓国詩学会〉第二代会長就任。

2000年　58歳
第二エッセイ集『花びらの切手』、評論集『柳到環』、『金素月、その生涯と文学』出版。第三回萬海賞文学部門大賞受賞。『無明恋詩』『恋の向こう』ドイツ語版出版。イスラエルの韓国詩選集『韓国人の愛』に作品が収録される。

2001年　59歳
第十一詩集『寂滅の光』出版。

2002年　60歳
第四詩選集『眠れないのは愛だ』、評論集『詩の道、詩人の道』、『二〇世紀の韓国詩の表情』出版。

2003年　61歳
第十二詩集『春は花の大合戦』、第五詩選集『空の詩』、評論集『韓国現代詩人研究』、『文学とその理解』、第三エッセイ集『軽々しい人々』出版。『崖の夢』、『恋の向こう』がスペインとメキシコで翻訳出版される。九月から半年間、チェコのカレル大学東アジア文学部韓国学科に招聘教授として就任。

2004年　62歳
韓国現代詩選集『生が輝く朝』出版。チェコを代表する作家イヴァン・クリーマとの対談「人間回復の可能性を探して」が『詩作』誌に発表される。

2005年　63歳
『花たちは星を仰ぎながら生きる』英語版出版。学術書『二〇世紀韓国詩人論』、評論集『偶像の涙』、第十三詩集『時間の丸木舟』、第十四詩集『花咲く乙女たちの陰の下で』出版。《世界平和詩人大会》(「萬海」思想実践宣揚会主催)で、「平和と和解としての詩のはたらき」講演。米国の桂冠詩人ロバート・ピンスキとの対談

「世界平和のための詩と詩人の義務とは何か」を『文学思想』誌に発表。スペインの世界名詩選集『Os Rumos do Vento los/ Rumbos del Viento』に「風のうた」が収録される。

２００６年　64歳

第六詩選集（詩画集）『ウィルスで浸透する春』、第十五詩集『扉を開けてくれ、空よ』、詩選集『韓国代表詩人１０１人選集　呉世栄』、第十六詩集『あなたと私の生涯が、またそうであるように』出版。カリフォルニア大学バークレー校芸術博物館で開催された「太平洋よ、語れ百年の韓国現代詩」という詩のフェスティバル（同校東アジア語科主催）で、詩を朗読。〈韓国詩人協会〉第三十五代会長就任。学術書『現代詩と仏教』出版。詩集『時間の丸木舟』が日本の『現代詩研究』誌と中国の『新時代』誌に掲載される。第二回白瓷文学賞（詩人金尚沃を悼む賞）受賞。

２００７年　65歳

『呉世栄詩選集』、エッセイ集『遠くにあるのが美しい』出版。五月、全羅南道咸平で開催された韓国詩人協会生態詩フェスティバル〈蝶の祭り〉で、韓国文学史上初めての「生態詩宣言文」が採択される。二十三年間勤めていたソウル大学を退官、名誉教授に就任。第三回韓国芸術発展賞（韓国芸術評論家協会）受賞。

２００８年　66歳

第十七詩集『あなたを呼ぶ水音、その水音』、限定版詩選集『垂直の夢』出版。『寂滅の光』チェコ語版、日本で二冊目の訳詩集『時間の丸木舟』（なべくらますみ訳、土曜美術社出版販売）出版。『新フランス評論』誌に「風の音」「詩」等、また『台湾現代詩』誌に「器」「遠視」「地上の糧」等が紹介される。第四回蘭皐文学賞受賞。大韓民国文化勲章銀冠受勲。

２００９年　67歳
第十五回仏教文学賞受賞。第十八詩集『風の影』出版。
２０１０年　68歳
第九禅詩集(生態詩集)『青いスカートのジッパー』出版。名古屋大学の国際学術シンポジウムに招待され、「マイナー文学としての韓国の移民文学」発表。インドのジャワルルラール・ネール大学でハングルの日の記念講演。第三回韓国芸術賞受賞。
２０１１年　69歳
第十九詩集『夜空の碁盤』出版。中国の大連外国語大学韓国語科で講演。大韓民国芸術院会員になる。第二十二回金達鎮文学賞受賞。日本英詩協会の『ポエトリーニッポン』誌に詩三篇が英訳される。
２０１２年　70歳
詩集『崖の夢』フランス語版出版。第二十詩集『青空からの拍手の音』、詩選集『千年の眠り』出版。米国の韓国翻訳文学協会主催による〈ワシントンDC韓国文学イベント〉で作品朗読、また読者との交流会に参加。ジョージ・ワシントン大学の〈韓国現代詩100年セミナー〉で「韓国現代詩と政治」講演。第五回木月文学賞受賞。
２０１３年　71歳
評論集『詩作の発見』、学術書『詩論』『文とは何か』、第二十一詩集『星空の波音』出版。
２０１４年　72歳
第二十二詩集『風の息子——動物詩抄』出版。金俊五詩学賞受賞。

２０１５年　73歳
モスクワ大学韓国語科とゴーリキー文学大学で、詩の朗読会。

２０１６年　74歳
『夜空の碁盤』英語版出版。第二十三詩集『秋の雨音』出版。九月、第四回世界サンパウロ文学祭に招待され、作品朗読、シンポジウムで「詩と宗教」発表。〈今年最高のアメリカ詩集〉十二冊に、『夜空の碁盤』が選ばれる。Mark Magoonは、「『夜空の碁盤』は、深い思索と憂愁と美しさに満ちている」と推薦した。

２０１７年　75歳
『時間の丸木舟』中国語版出版。第十四回永郎文学賞受賞。第二十四詩集『北洋航路』、第二十五詩集『春雪』、評論集『捨てるものと守るもの』出版。詩選集『千年の眠り』ロシア語版出版。ロシアの著名な文学雑誌『литературнаягазета』は「詩人呉世栄の詩は、温かくて深い思索で私たちを虜にする。現代文学における巨大で素晴らしい詩人が登場したに違いない」と紹介される。

２０１８年　76歳
二月、カリフォルニア大学バークレー校韓国学センター主催の〈韓国文学翻訳ワークショップ〉に招待され、翻訳講座と詩の朗読をおこなう。第十八回孤山文学賞時調部分大賞受賞。

２０１９年　77歳
『ストックホルム文学批評』誌に、詩「血一滴」等掲載。文学的自叙伝『正座』出版。十月、韓国大邱市啓明大学で開催された〈日韓詩人交流会〉で、詩の朗読と講演。

本詩集は、呉世栄著『千年の眠り』（二〇一二年九月刊、I〜V章六十篇）と、それ以降に発表された詩二十一篇（VI章）をまとめた日本語版オリジナル詩選集です。

呉世栄 オ・セヨン

現代韓国を代表する詩人。大韓民国芸術院会員
一九四二年全羅南道霊光生まれ。六五年にデビューし、七〇年に第一詩集『氾濫する光』を上梓。第二詩集『もっとも暗い日の夕べに』（八二年）や第三詩集『無明恋詩』（八六年）、最近の詩集『春雪』（二〇一七年）など約三十冊の詩集を精力的に刊行する。東洋的な精神世界や、仏教の禅の世界を追究し、自然との調和や融合をはかろうとする〈自然抒情詩〉といわれる詩の世界を深めている。その傍ら、八五年から〇七年までソウル大学教授を務めながら、学者、批評家としても活躍する。詩集は日本語、英語、ドイツ語、スペイン語、ロシア語、中国語など世界各国で翻訳され、国際的にも著名である。

訳者

徐載坤 ス・ゼコン

韓国外国語大学日本語通翻訳学科教授
韓国啓明大学校日文科卒業。東京大学大学院国文科卒業。文学博士。日本近現代詩が専門。論文に「パイオニアとしての朔太郎――Secessionとの関係を中心に」「茨木のり子詩考察――戦争表象を中心に」「西條八十の戦争詩研究」ほか。著書に『『日本詩人』と大正詩――〈口語共同体〉の誕生――』（共著、森話社）。

林陽子 はやし・ようこ

仁徳大学語文社会学部副教授
専門は韓日比較文学。おもな研究実績に「韓国近代文壇と日本文学」、翻訳書に金素月著『つつじの花』（書肆青樹社）。

千年の眠り

二〇二一年十一月十二日　初版発行

著者　呉世栄
訳者　徐載坤・林陽子
発行者　上野勇治
発行　港の人
神奈川県鎌倉市由比ガ浜三－一一－四九　〒二四八－〇〇一四
TEL　〇四六七－六〇－一三七四
FAX　〇四六七－六〇－一三七五
装幀　佐野裕哉
印刷製本　創栄図書印刷
ISBN978-4-89629-398-2

This book is published with the support of
the Literature Translation Institute of Korea(LTI Korea).